Lugares fantásticos

Juan Manuel Rodriguez
Caamaño

1. Guazacualco: El Santuario de la Serpiente

¿Cómo no lo vi venir? El presagio estaba escrito en su propio nombre: *Coatzacoalcos*, el lugar donde se esconde la serpiente.

Aquí, la inmensidad salada del Golfo de México choca con la dulzura finita del río, planteando un dilema existencial, dos caminos antagónicos. Por un lado, el mar con su fiero oleaje; por el otro, el caudal que duerme apacible y baña la tierra donde se fundó esta ciudad.

Estoy sentado en las escolleras. Las gotas salobres del rompimiento de las olas me empapan mientras pienso en él: Quetzalcóatl. Desde esta piedra partió el dios náhuatl, jurando regresar en el año 947. Siglos más tarde, en la fecha exacta de su profecía, quien arribó por estas aguas fue Hernán Cortés. Al conectar los puntos, el miedo me invade. ¿Y si ambos representaban el mismo ideal servil a un poder oscuro?

El atardecer aquí no tiene igual en el orbe. A las seis de la tarde, una gama de colores inimaginables —sombríos, intensos, violentos— tiñe las nubes. El sol, de un rojizo tenue, desaparece tras el cerro de San Martín, evocando el contraste entre lo más alto del cielo y la profundidad abisal del océano.

De repente, el cielo se rompe. Llueve con tal furia que parece que el mundo se ahoga. El viento del Norte ruge, amenazando con derribar los árboles más fuertes y obligándome a buscar refugio. Minutos después, reina una calma sepulcral, iluminada por un sol agonizante que hiere la vista al reflejarse en el mar.

Esta es tierra olmeca, la civilización madre, con ecos mayas. Un mosaico genético y cultural. Aquí nació la Malinche, artífice de la conquista y la traición; otra prueba de que este es el hogar de la serpiente, el animal que condenó el paraíso.

La vida aquí es dualidad pura. Un sábado por la noche es un exceso de lujuria, alcohol fluyendo como el río y pasiones desbordadas hasta el amanecer en el malecón. El domingo, esas mismas almas van a misa, buscando revertir los pecados capitales con una cruda moral más pesada que la física.

Tardé cuarenta años en entender la batalla espiritual que aquí se libra.

El 8 de junio de 1522, este lugar fue bautizado como *Villa del Espíritu Santo*. Creo que ese fue su nombre divino desde el Génesis. Pero en 1825, el hombre, tentado por el progreso industrial y los placeres de la carne, reclamó el espacio y le devolvió el nombre pagano: *Coatzacoalcos*.

No soy un devoto, pero sé lo que vi. Quetzalcóatl regresó. No para salvar, sino para la última batalla. La ciudad se había convertido en una réplica de Sodoma: lujuria, avaricia, ríos de sangre y dinero. El plazo se cumplió el 25 de diciembre de 2019.

El invierno aquí regala una brisa que es la caricia más placentera que existe. Aquella víspera de Navidad, ella y yo disfrutábamos de ese aire, tirados en la arena, embriagados por el olor a coco y sal.

—¿Crees que algún día podremos vivir así siempre? —preguntó ella, con la mirada perdida en el horizonte—. ¿Sin preocupaciones?

Iba a responder, pero ella selló mis labios con un beso dulce, lento, que detuvo el tiempo. Se apartó y susurró en mi oído:

—Respóndeme mañana. Será mi regalo de Navidad.

Un viento repentino terminó nuestra velada. Nos despedimos con la urgencia de los amantes que no soportan la separación. Ella se fue hacia el río; yo, hacia el mar. Esa noche escribí una poesía para ella, planeando entregarla junto al anillo de plata que guardaba con temor en mi gaveta.

A las 3:33 AM, el mundo tembló.

No era un sismo normal. Mi reloj vibraba violentamente. Abrí la persiana y vi el mar iluminado como si fuera mediodía. Una ola gigante, hecha de luz blanca y pura, se alzaba desde el abismo, fusionándose con las nubes. No sentí pánico, sino una paz extraña. Pero luego, desde el río, una llama de colores aterradores brotó, consumiendo el cielo, secando el agua.

Desde su ventana, Alba vio el fuego acercarse. Sintió un calor asfixiante, pero no tuvo miedo. Solo pensó en mí y en la esperanza de ese día perfecto que nos habían prometido.

La guerra no fue de trincheras, sino de esencias.

El faro de las escolleras sirvió de mesa de negociación. De un lado, el Caos; del otro, la Luz. Escuché las voces retumbar en mi mente, más allá del sonido.

—*Es tu cumpleaños. Deberías recibir amor, no iniciar una guerra* —dijo la voz de la Luz.

—*No voy a pelear. Voy a erradicar el mal.*

—Eso provocará muerte.

—He venido a redimirte, como al hijo pródigo. Regresa a mí.

—¿Perdonarme? ¡Mataste a mi hijo!

—Murió por voluntad propia. Ríndete. La probabilidad no existe para Dios.

Lo que siguió fue el sonido del dolor absoluto. La nube de luz envolvió el fuego del río. En minutos, todo se hizo cenizas. El río quedó seco, un canal de lodo oscuro sembrado de muerte. Peces, plantas, y almas... todo arrasado.

Caminé sobre las cenizas, con el corazón en la garganta. Y allí la encontré. Junto a una sortija de fantasía, yacía su cuerpo. Pálida, perfecta, intacta a pesar del fuego que lo había consumido todo. Había muerto en la batalla final.

No lloré. Sentí un orgullo extraño. Me acerqué a su cuerpo inerte, saqué el anillo de compromiso y lo deslicé en su dedo anular.

—Claro que podemos vivir juntos —susurré—. Aquí estaremos siempre. Vendré cada día a disfrutar la brisa contigo. Te lo prometo.

Miré al cielo. Un rostro inmenso y perfecto se dibujó en las nubes, y una voz resonó en el silencio de la devastación:

—Tened fe y paciencia. Este lugar volverá a ser el paraíso.

2. La Danza de Praga

Llegué a Praga un jueves de mayo. El nombre mismo de la ciudad vibra con una promesa carnal en mi mente, evocando *bragas* y fantasías de hermosas mujeres eslavas.

Dicen que hacía demasiado frío para la época, pero esos tres días viví en un estado febril. Praga es una trampa: cada esquina es una obra de arte, cada edificio un monumento. Mis días fueron breves, un borrón de cerveza negra y caminatas por la Plaza de la Ciudad Vieja.

El domingo, el despertador sonó como un martillazo. Tenía que volver a casa. La resaca era monumental; sentía que me habían golpeado la cabeza con un bate. Bebí el agua de la mesita de noche de un trago y bajé al lobby arrastrando la maleta y mi dignidad.

El taxista rumbo al aeropuerto era parlanchín.

—Las checas son las mujeres más hermosas del mundo —dijo, rompiendo mi silencio doloroso.

—Dígamelo a mí —repliqué, mientras los recuerdos empezaban a emerger de la neblina alcohólica.

—¿Conoció a alguna?

—¿Que si conocí a alguna? Conocí al amor de mi vida.

Le conté todo. El jueves, en un bar, mezclé demasiada cerveza oscura con *Becherovka*. Una bomba. Pero entonces la vi. Ojos verde cristalino, piel de porcelana salpicada de pecas blancas. Un vestido rojo con una abertura lateral diseñada para provocar infartos.

Cuando el acordeonista tocó el "Cielito Lindo", supe que era el destino. No solo la cortejé; nos devoramos.

—Hicimos el amor hasta el amanecer —le confesé al taxista—. En cada rincón oscuro de la ciudad. En un mirador del Castillo Real, con Praga iluminada a nuestros pies, separé esa tela roja y puse sus muslos sobre los míos. La ciudad era nuestra testigo muda.

Ella durmió en mi hotel. Al día siguiente, visitamos el Palacio Real y la Basílica de San Jorge. Allí, bajo la sombra de leyendas oscuras, celebramos una boda simbólica. Solo ella, Dios y yo.

—Nuestro primer beso fue frente al Reloj Astronómico —continué, ignorando la risa burlona del conductor—. Ella me pidió que grabara la hora exacta. Eran las 13:57 del 9 de mayo.

El taxista se reía cada vez más fuerte.

—Usted bebió del manantial trece, amigo mío.

—¿El trece? El guía dijo que solo había doce en Karlovy Vary.

—El trece es el *Becherovka*. Y produce alucinaciones.

Le conté sobre nuestro último baile en el Puente Carlos, mojándonos con el agua helada del río Moldava, y cómo pusimos un candado con nuestros nombres: el mío y el de ella, *Grana*.

El taxista frenó casi en seco, riendo a carcajadas.

—Usted bailó con un fantasma, señor.

—¿De qué habla?

—Mire los hechos. Su nombre, Grana, como el granate, la piedra roja checa. Sus ojos verdes, como la moldavita. Su padre, un tal señor Kafka... ¿no le suena al escritor? Y esa hora que le hizo grabar: 13:57 del 9 de julio... 1-3-5-7-9. Es la fecha cabalística en que se inauguró el Puente Carlos en 1357.

Me quedé helado. La lógica era aplastante. ¿Había sido todo un delirio etílico?

—Ella es real —insistí, sacando mi teléfono—. Tengo su número.

—Llámela —retó él.

—Lo haré al llegar a México. Y volveré para restregárselo en la cara.

El amor fue real. El sabor de su piel, el calor de su aliento... eso no se inventa. ¿O sí?

3. Una más de Transilvania

Muchos creen que viajé a Rumania por la leyenda de Drácula. La verdad es más mundana: buscaba escapar.

El viaje fue una pesadilla de escalas, asientos estrechos y comida de avión indigerible. Aterricé en Bucarest de madrugada, con el cuerpo roto y la mente nublada por un Cabernet barato. Dormí tres horas y, con una resaca cortesía de la cerveza *Ursus*, me lancé al tour hacia el Castillo de Bran.

Para "curarme", en una parada probé la *Palinca*, un aguardiente de ciruela de cuarenta grados que hizo que el paisaje verde brillante de los Cárpatos pareciera vibrar. La subida a Transilvania fue un viaje a otro mundo; los pinos altos y delgados semejaban estacas defendiendo la tierra de intrusos sobrenaturales.

El castillo lucía escalofriante. Mientras recorría los pasillos llenos de historia sobre Vlad el Empalador, llegué a la tienda de souvenirs. Y allí estaba ella.

Facciones finas, casi irreales, como una muñeca de porcelana antigua.

—Quiero una cerveza —pedí.

—En el Castillo de Bran solo se bebe vino —respondió ella, seca.

—¿Es una leyenda? —bromeé.

—No. Es una advertencia.

Me recomendó el vino local, "Chateau Bran". Su frialdad me intrigó. Intenté coquetear, pero fue un muro. Sin embargo, al final, me dio dos opciones: esperarla a la medianoche o quedarme a dormir fuera del castillo. Elegí ambas.

A las doce, bajo una luna que parecía observar demasiado, ella salió. El frío se agudizó. Hablamos de mitos.

—Aquí, a los vampiros se les llama a una secta que bebe sangre para mantenerse joven —dijo ella con naturalidad.

—¿Crees en eso?

—Pertenezco a ella.

Me quedé helado. Me mostró su pasaporte: 34 años. Parecía de 17.

—Es ciencia, no magia. Hay bancos de sangre... —Me calló con un dedo en mis labios.

—¿Qué es lo que más deseas ahora? —susurró.

La miré a los ojos, profundos y oscuros.

—Besarte. Y hacerte el amor después de que bebas de mi copa.

La noche se disolvió en una neblina de placer y mordiscos que no dolían, sino que quemaban de éxtasis.

Desperté de golpe. Una azafata me golpeaba suavemente el brazo.

—Señor, despierte.

Estaba en un avión. Me ofreció vino tinto. "Chateau Bran", dijo.

—¿Ya llegamos a Bucarest? —preguntó, confundido.

Ella sonrió.

—Señor, seguimos en la Ciudad de México. Aún no hemos despegado.

Saqué mi pasaporte. No había sellos de Rumania. Nada.

Pero yo había estado allí. Sentía el frío de los Cárpatos en los huesos.

Compré un vuelo real. Al llegar a Bucarest, compré flores blancas que, extrañamente, se tornaron rojas en el camino al castillo. Entré corriendo a la tienda de souvenirs.

Y allí estaba ella.

—Por ti regresaría cada año —le dije, jadeando—. O te llevaría conmigo. Pero no puedo separarme de ti.

Ella soltó una carcajada cristalina y aterradora.

—¿Aún crees que es una secta? —Sus ojos brillaron con una luz inhumana—. No pertenezco a este mundo. Y ahora, tú tampoco. Bebiste mi sangre en tus sueños, que son más reales que tu vida. Eres inmortal, viajero. Bienvenido a la eternidad.

4. La ciudad de la furia de tu mirada

Siempre quise conocer Buenos Aires, la ciudad que me evocaba el dulce tango de Gardel, la magia del Diego o los cuentos fantásticos de Borges. Pero un tres de febrero, caminando por la calle Zabala, encontré una razón más, una *única* razón para volver siempre a esta capital, aunque fuera con la frente marchita. Tenía diecinueve años cuando cumplí ese sueño y, hasta ese momento, jamás me había enamorado. Era un chico motivado por el fútbol y el estudio, sin más tema de conversación que ofrecérselo a las chicas.

De lunes a viernes, mi estancia en Argentina seguía una rutina inmutable. Me levantaba con la mañana fría, tiritando al entrar a la ducha mientras aguardaba el milagro del agua caliente. Vestía jeans y la primera camisa que encontraba; en esa época, la comodidad era mi única moda. Caminaba diez cuadras sobre Dardo Rocha, bordeando el hipódromo de Acassuso, y somnoliento, tomaba el tren subterráneo desde San Isidro hasta Belgrano. Luego, siete cuadras más por Luis María Campos, doblaba en Zabala, cruzaba la avenida y llegaba a la Universidad de Belgrano, donde cursaba el sexto semestre de mi carrera.

No podría precisar el momento exacto en que la vi por primera vez. Quizás fue de pie en el tren, su mano delicada aferrada al barandal, su mirada hipnotizándome desde lejos. O tal vez cuando, al iniciar mi caminata por Dardo Rocha, aparecía de la nada, como una aparición, desde una calle perpendicular, para seguir el mismo trayecto que yo. Compartíamos el tren, las mismas estaciones, las mismas cuadras hasta la universidad, e incluso, en ocasiones, el mismo ascensor. Yo salía en el octavo piso; ella continuaba. A veces la veía delante, su silueta esbelta dibujada contra el horizonte; otras, sentía sus pasos detrás, un eco dulce. Su modo elegante de caminar, su cuerpo exquisito y delgado, su piel tan pálida que me hacía dudar de su edad, sus ojos color miel que irradiaban dulzura… Era imposible dejar de observarla. A veces me convencía de que era una invención de mi soledad, la mujer perfecta materializada en mi camino diario. Esa idea se acentuaba con la canción de Andrés Calamaro, la más escuchada por esos días:

"Flaca no me claves tus puñales por la espalda, tan profundo, no me duelen, no me hacen mal".

Ese tres de febrero, me puse mi playera con la bandera de México. Me sentía orgulloso, eran tiempos en que usar el lábaro patrio en la ropa era casi una rebeldía. Hice la misma rutina, pero quizás ese día pequé de observarla demasiado en el tren, de seguirla muy de cerca por la avenida, especialmente en esas siete cuadras hacia la universidad. Unos pasos delante de mí, su silueta delicada me tenía embelesado. Era la mujer de mis sueños y anhelaba seguirla, lo más cerca posible. No podía desviar mi vista de sus pasos sutiles, elegantes, el golpeteo de su calzado retumbando en lo más íntimo de mi ser.

Fue uno de los momentos más incómodos de mi vida. Ella se detuvo de golpe y giró, plantándose frente a mí, impidiéndome el paso. Mis manos sudaban. Temblaba por tenerla, a escasos centímetros, a la mujer más hermosa que había visto.

—¿Te puedo preguntar algo? —soltó con su acento argentino, mientras un río helado recorría y paralizaba cada rincón de mi cuerpo.

Mi mente imaginó un reclamo por haberla seguido, por mi mirada insistente, por el acoso que sin querer pude haber causado. No podía concebir un motivo por el cual esos labios se dirigieran a mí. Con la voz entrecortada, apenas logré decir:

—Sí.

En ese instante, quise que me tragara la tierra. Su siguiente pregunta me dejó aún más estupefacto:

—¿Vos sos de México?

Mi respuesta fue tan torpe como predecible:

—Sí, ¿por qué?

—Por la remera.

Volteé robóticamente a ver mi camiseta, donde la bandera de México estaba estampada. Mi adrenalina bajó un poco al saber que no era un reclamo, pero la simple cercanía de ella me mantenía nervioso. Así que, para ganar un minuto y seguir caminando a su lado, formulé la pregunta más sencilla, casi de manual, cuando se conoce a alguien:

—¿Cómo te llamas?

—María Pía —me contestó, con una voz suave que quedó grabada en mi memoria.

Y, por si no tenía suficiente para decir incoherencias, solté:

—Ah, eres tú, la que se va a casar con un mexicano que vivía en la casa donde me estoy quedando.

En mi defensa, aclaro que jamás había escuchado el nombre "Pía". Para mí, María era su nombre y Pía su apellido, por lo que deduje que solo podía haber una María Pía en Buenos Aires. No sabía que era un nombre de moda en alguna generación, quizá religiosa, como las Marías Fernandas en México. Ella me miró extrañada, y de nuevo sentí que su respuesta me alejaba.

—No, no sé de quién me hablas.

Entonces, las primeras neuronas comenzaron a hacer sinapsis en mi cerebro, después de varios minutos de pausa. Hice otra pregunta estúpida, intentando descifrar mi error:

—¿Pía es tu apellido?

—No, es mi nombre.

Cuando pronunció esas palabras, sentí un leve alivio: eso abría un margen para que no tuviera un compromiso sentimental. Caminamos las cuadras más fascinantes de mi estancia en Buenos Aires, charlando en el par de calles que aún nos separaban de la universidad. Incluso subimos juntos en el ascensor hasta que salí; la puerta se cerró, llevándola al piso catorce, donde estaba la facultad de Arquitectura.

Todo el día floté en las nubes, sin poder pensar en otra cosa que en ese mágico momento. Ahora podría conversar con ella siempre que nos encontráramos de camino, e incluso, en algún momento, pedirle su número de teléfono e invitarla a salir. Y así lo hice: charlábamos por las tardes a través de esos teléfonos fijos que hoy apenas se usan.

Un día, coincidimos afuera de un bar. Esa noche no quería salir, pero mis amigos me convencieron. Se veía más hermosa que nunca y, como siempre, me dejaba helado con sus palabras, con ese acento argentino que me mataba.

—Entrá conmigo —me dijo de repente.

Quedé paralizado. Le expresé que no podía, que andaba con unos amigos y aún no era seguro si entrábamos o no. Le estaba mintiendo. No dije que no por desidia, sino porque su cercanía me helaba, me anulaba. No sabía qué decir. Temía que cualquier palabra la alejara, así que huí.

Ella iba acompañada de varios amigos y amigas, lo cual me intimidó aún más. Siempre fui demasiado tímido para acercarme a una mujer. Dentro del bar, bebí varias cervezas Quilmes hasta sentirme un poco atontado. La vi bailando con un tipo que había conocido allí. Armándome de una osadía prestada por el alcohol, me acerqué, la tomé de la cintura y, con la música a todo volumen, le susurré al oído: "Me encantas". Ella me miró y me dijo:

—No quisiste entrar conmigo.

¡¿Qué?! Mi mente no daba cabida a lo que escuchaba. Ella, una princesa, me estaba reclamando. Pensé que yo era insignificante para ella.

A partir de ese momento, decidí llamarla todas las tardes para intentar salir, pero un par de veces no pudimos coincidir. Así como el destino casualmente la puso en mi camino, también la alejó de mí. Su número telefónico, anotado en una libreta de "Comercialización", se perdió cuando me mudé de Acassuso al Barrio de Núñez, cerca del estadio Monumental. Llamé a todas las combinaciones posibles de números que recordaba de la secuencia, pero fue inútil. Ojalá en 1996 hubiera existido la tecnología de hoy para contactarla. Perdí todo rastro de ella. Intenté buscarla en la universidad, paseándome por los rincones, sobre todo por el centro de cómputo, donde la había encontrado antes de conocerla, pero fue inútil.

En una ocasión, caminando por las calles cerca del Obelisco, sobre Corrientes, con el invierno calándome hasta los huesos, me detuve en una confitería atraído por el estruendoso sonido de una melodía que jamás había escuchado, pero cuya voz me resultaba extrañamente familiar. Entré, pedí una cerveza y un choripán, solo para acercarme a la rocola y saber el nombre de esa canción del genio Cerati. Una a una, las notas y la letra de esa composición fueron rememorando cada instante a su lado: el momento en que la conocí, nuestros encuentros en Dardo Rocha, en el tren, en el centro de cómputo, en el ascensor, cuando la vi en el bar, cuando charlábamos por teléfono y casi podía verla al otro extremo de la línea, desde su casa en Ezpeleta. Y desde ese momento, "Vuelta por el universo" de Cerati se convirtió en un himno para recordarla.

El semestre terminó, las vacaciones llegaron, y tuve que regresar a México. Hasta la fecha, cada vez que visito Buenos Aires, sigo la misma ruta para recordar el momento en que la conocí, pero ella ya no está ahí. Bebo un café para no congelarme, a veces un mate para mimetizarme con las costumbres bonaerenses. Y siempre recuerdo ese momento en que conocí a quien pudo ser el amor de mi vida, si tan solo... si tan solo mi timidez no me hubiera ganado.

Made in the USA
Monee, IL
18 October 2026

66036546R00025